我的吸血鬼同學

09
皇城保衛戰

創作繪畫・余遠鍠　　　故事文字・陳四月

目錄

黑暗的起源 {p.5}

尤莉亞與海德拉 {p.18}

破滅的真相 {p.31}

逃亡 {p.43}

抗爭的代價 {p.55}

戰鼓鳴 {p.67}

烽煙四起 {p.77}

援軍到達・上 {p.87}

援軍到達・下 {p.100}

犧牲 {p.117}

迦南

擁有金黃魔力的人類少女。好奇心重，領悟力強，平易近人的她曾被黑暗勢力封印起她的魔力，是九頭蛇想捉拿的人。

安德魯

吸血鬼高材生。外形冷酷，沈默寡言，喜歡閱讀的他想找出失蹤多年的父親，對迦南格外關心。

卡爾

胃口極大的人狼。是學園小食部常客，身材健碩，熱愛跑步，經常遲到的他和安德魯自小已認識。

美杜莎

蛇髮妖族的後裔。由於這一族的妖魔出了很多危害國家的罪犯，所以美杜莎在學園也被杯葛孤立。她曾嫉妒受歡迎的迦南，但現時二人已成為朋友。

法蘭

魔幻學園的訓導主任。同時是學園舊生的他因為一次事故變成半人半機械的模樣。表面對學生嚴厲，其實十分疼愛學生。

四葉

來自東方學園的九尾妖狐少女。活潑好動而且十分熱情的她和卡爾有婚約在身。和迦南一樣，四葉也擁有金黃魔力。

阿諾特

吸血鬼一族的王子，是被寄予厚望的天才。追求力量和榮耀的他自視高人一等，對同樣被視為天才的安德魯抱有敵意。

安古蘭

安德魯的父親。十年前加入黑魔法派襲擊魔幻學園後一直音訊全無，背負叛徒罪名的他其實內有苦衷。

大賢者

藏身智慧之城中的神秘大賢者，決心阻止海德拉將帶來的世界末日，擁有預知能力同時知曉魔幻世界古今大事。

史萊姆王

智慧之城的國王，也是不擅長戰鬥的史萊姆族的最高領導人。致力保育歷史知識和文化，相信知識就是改變世界的最強力量。

尤莉亞

以救世英雄為目標的金黃魔力持有者，天賦預知未來的能力。曾是海德拉的個人導師，死後成為了以預知能力阻止災難發生的大賢者。

海德拉

才華洋溢的天才魔法師，為拆穿王國的謊言，揭露歷史真相而不惜犧牲一切，是令人聞風喪膽的黑魔法派領袖。

第一章

黑暗的起源

　　位於魔幻王國首都，皇城之內的監獄囚禁著為數不少的妖魔，他們都是窮兇極惡的不法之徒，但監獄由出色的獄長嚴格管理，所以多年來未有出現亂局。

　　但今日**兵變了賊**，囚牢內禁錮著的，竟由罪犯變成了士兵。

　　「任你再抵抗也是徒勞無功的。」三頭犬賽伯拉斯釋放出強大的魔力。

　　「**狂妄之徒**……我不能讓你走出監獄。」鼻上長有大角的犀牛獄長緊握長鞭，就算身負重傷也絲毫不畏懼。

　　「可惜今天這裡所有妖魔也將會離開這監獄，他們會和我一起，迎接海德拉大人帶來的新世界。」賽伯拉斯步步進迫。

獄長以長鞭突擊，卻被賽伯拉斯以單手輕鬆握住。

　　「只有一股蠻力的傢伙也能擔當獄長要職，看來皇城已和平得太久了。」無聲無息接近到獄長身後的變色龍索隆顯露真身，在犀牛獄長背上劃上深長的血痕。

　　「和平的時代要過去了，黑暗將會席捲妖魔和人類兩個世界。」賽伯拉斯把犀牛獄長打昏。

　　「留他一命吧，他還有利用價值。」毒蜂女莎朗說。

　　「時間已差不多了，我們按照海德拉大人的計劃開始吧。」蠍子女妖妮歌看著鐵窗外，黑色的暗影已籠罩天空。

　　九頭蛇的黑影在空中舞動，既是向魔幻王國作出正式宣戰，也是召集黑魔法派信徒的信號。

從三頭犬賽伯拉斯入獄那天起，他便開始招攬其他囚犯。他們得知海德拉將會傾倒皇城，無一不受誘惑，因為幫助海德拉的妖魔將會**重獲自由**，罪行亦會被赦免。

這些被收編的妖魔，現在都站在幹部們身後摩拳擦掌，準備離開監獄後大肆破壞。

地底之下，一輛以魔力驅動的魔法列車，正**高速行駛**，從智慧之城向皇城進發。列車上，安古蘭雖然已接受魔法治療，但他的臉上還是露出痛苦的表情。

「爸爸……」安德魯和父親**久別重逢**，卻還未有機會好好團聚。

「安古蘭叔叔，你的身體無大礙吧？」迦南擔心地問。

「不用擔心……只是有點疲勞罷了。」過大的魔力消耗，加上和不死族依娃的對戰，安古蘭的身體現在十分虛弱。

「時間原來已過了這麼久，安德魯你變得這麼強壯，迦南也長大成人了。」安古蘭伸手輕拍兩人的頭顱。

「**爸爸……我們終於見面了。**」安德魯放聲痛哭，和父親闊別十多年以來，他一直以為父親拋棄了他墮入黑暗，以為再次見面父親會成為敵人。

「我們去別的車卡，讓他們好好相聚一下吧。」迦南看到安德魯的表情也不禁眼泛淚光，想給予他們空間父子團聚。

因為在這短暫的車程完結後，他們又會面對難以估計的險惡。

　　「迦南你留下來吧，我有話想對你們說。」安古蘭拉著想站起來的迦南說。

　　「黑魔法的副作用是使用者必須定時吸收別人的生命力，不然身體會逐漸衰弱，這十多年來我雖然**假意投誠**，但我從來沒有吸收過別人的生命力。」傷勢之所以難以治好，是因為安古蘭的身體已被黑魔法蠶食。

　　「一切都是海德拉害的，是他害我們父子分開，害媽媽**飽受煎熬**，更害爸爸你的身體變成這樣。」安德魯雙手握緊父親的大手，感受這久違的溫暖。

　　「到黑魔法派當臥底，是我提出的。因為那是必須由我來做的事。」安古蘭也想不到當日一別，就和兒子闊別了十多年。

「為什麼？為什麼那人必須是你？」安德魯對海德拉萌生出恨意，而仇恨會把正直的人推向懸崖邊。

　　仇恨把海德拉變成滅世的惡魔，安古蘭不想兒子同樣被仇恨佔據內心，步他後塵。

「智慧之城已成**頹垣敗瓦**，一直被困在那裡的大賢者靈魂也煙消雲散了⋯⋯而最難過的人肯定是海德拉。」安古蘭說著不為人知的事。

海德拉的父親是前國王器重的預言家，他自年幼便被送去智慧之城接受教育，對他而言，那裡才是他長大成人的故鄉，跟他最親密的人亦在智慧之城。

「為什麼？襲擊智慧之城的妖魔不是他指使的嗎？」迦南問。

帶著仇恨的人會失去同情心，就像現在的安德魯，一心只想把傷害迦南的，奪去他家庭溫暖的海德拉殺死。

「因為知道了歷史真相的海德拉，沒辦法接受。」安古蘭神情悲傷，在世上最了解海德拉的人有兩個，其中一個是大賢者，另一個就是他。

安古蘭決定把大賢者未有時間說的故事告訴安德魯和迦南。他在不能陪伴安德魯成長的期間，把時間改為投放在跟隨海德拉身上。他或許不了解自己的兒子安德魯，但關於海德拉的事，他卻十分熟悉。

在海德拉還是個孩童的時候，出類拔萃的他已在鑽研智慧之城的魔法書籍，對魔法的見解更比大多數的史萊姆還要精闢，所以他不把史萊姆族的教誨放在眼內，**屢次闖禍**。

「發生什麼事了？怎麼城內突然多了這麼多樹木的？」智慧之城的地板突然破裂起來，數之不盡的大樹在轉眼間茁壯成長。

「一定又是海德拉搞的鬼⋯⋯他又發明了什麼新的魔法吧。」史萊姆王頭痛著說。

「大王，就算這孩子天資有多聰敏，不肯**循規蹈矩**的人，是不該留在這裡的。」

在這裡研修多年的賢者們都有相同看法。

「或者海德拉只是未遇到一位適合的，能循循善誘他的導師。」愛才若渴的史萊姆王不想放棄海德拉這塊碧玉，他深信只要經過琢磨，這碧玉一定會**大放異彩**。

「果然！這沉悶的書城就是欠缺了綠化，現在順眼多了。」站在樹叢間的海德拉滿意地說。

賢者們卻不認同海德拉的做法。

　　「我辦不到呢，我只發明了促進生長的魔法，沒有發明讓他們枯萎的魔法。」小小年紀的海德拉對生命充滿好奇。

　　生命是如何誕生，又如何消逝，這是書本上沒有教授而海德拉最感興趣的課題。

　　「你還**不知悔改**嗎？看看四週圍，因為你的魔法導致石牆倒塌，甚至傷害到其他史萊姆了。」史萊姆王嚴厲地說。

　　「再不道歉和還原這地方的話，別怪我們對你作出體罰。」眾賢者想教訓年少氣盛的海德拉。

體罰？

「你們有這本事嗎？」海德拉不會因人多勢眾而屈服。

「大家**稍安無躁**，這孩子只是出於好奇，並不是有心做成傷亡的。」溫柔的女性聲線從海德拉身後傳出。

「尤莉亞，我們不能再縱容海德拉。」眾賢者意向一致。

海德拉轉身望向身後的少女，她散發的金黃魔力溫暖而耀眼，這是海德拉第一次看見擁有**金黃魔力**的人，在得知魔幻世界歷史前，他以為這是代表希望的魔力，代表希望的光芒。

金光照耀智慧之城，受海德拉的魔法影響而生成的樹木變回小幼苗，破碎的牆壁磚瓦都回復原貌，受傷的史萊姆也康復過來，尤莉亞解決了海德拉製造的麻煩。

「事情既然已經解決，希望大家原諒海德拉，別再追究下去了。」尤莉亞說。

「海德拉生性頑劣，屢勸不改，再放任下去只會**釀成大錯**，不能放過他。」但其他賢者卻不肯罷休。

「我相信海德拉本性是善良的，但他需要貼身教導，改善他不服從的**劣根性**，不然就算資質多好，將來只怕會為禍人間。」史萊姆王說。

「不如就由我來擔當他的私人導師，我有

信心可以教好他。」尤莉亞搭著海德拉的肩膀。

海德拉沒有回答，他全程呆看著尤莉亞，感受金黃魔力帶來的溫暖，感受**離鄉別井**的他那忘記已久的溫暖。

「那麼……從今天起多多指教啦，海德拉小朋友。」尤莉亞甜美的笑容教海德拉陌生。

別把我當做小朋友，我很厲害的。

海德拉身邊的人全都害怕著，警惕著他，唯獨尤莉亞親切接近他。

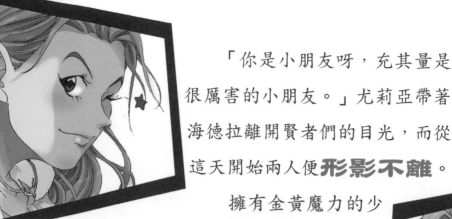

「你是小朋友呀，充其量是很厲害的小朋友。」尤莉亞帶著海德拉離開賢者們的目光，而從這天開始兩人便**形影不離**。

擁有金黃魔力的少女尤莉亞，指引**桀驁不馴**的小孩海德拉成長，兩人無論智慧和魔力，在魔幻世界都是數一數二的人物。

「**極限颱風魔法**。」少年海德拉喚起颱風，把襲向村落的洪水捲向天際。

「岩石啊，築起堅固的堤壩，阻擋我們面前的洪水吧。」成年後的尤莉亞實力更勝從前，轉眼之間便阻止了一次大災難。

變得成熟的兩人除了在智慧之城鑽研學識外，更受命解除魔幻王國也難以處理的危機。

「謝謝兩位……你們是我們村落的大恩

人。」村長感激落淚。

「村長言重了，這是我們該做的事。」全
靠尤莉亞在洪水來到前已有所戒備，村民才避
過一劫。

多次天災人禍被及時制止，全因為尤莉亞
能**預知未來**的天賦，雖然現在的尤莉亞只
能看到短暫零碎的未來，但這能力還在成長，
尤莉亞一天比一天更能看清遙遠的未來。

「回去吧，你今天已太操勞了。」海德拉
扶著步伐不穩的尤莉亞說。

「我們拯救了這麼多人，你一點也不開
心嗎？像個苦瓜乾似的。」世人把尤莉亞當作
救世英雄看待，而她也享受幫助別人所得
的成就感。

而海德拉並沒有這麼享受，對他來說任務
只是測試他能力，試驗新型魔法的場所，但他
還是樂意跟隨尤莉亞。

「**笑一笑嘛！**」因為每次幫助到別人，尤莉亞都會露出燦爛的笑容。

對海德拉來說，這笑容就是最美好的報酬。

「海德拉最近的表現如何？」而史萊姆王一直關注著海德拉。

「表現很好呀，他拯救了很多無辜百姓的生命，在創造新魔法陣的範疇也很成功。」尤莉亞定期要向史萊姆王報告近況。

「希望他真的已**改過自新**，不利的預言都能改變啦。」史萊姆王放心交他給尤莉亞照顧，真正的原因是因為尤莉亞能看到未來。

海德拉的父親雖然和兒子甚少相見，但他對海德拉的能力感到欣慰，希望他將來會接任自己的位置，為魔幻王國效力。但若然他墮入魔道，他的智慧和力量將會嚴重威脅王國。

「那你呢？你的身體狀況又有沒有好轉呢？」史萊姆王問。

正處於巔峰狀態的尤莉亞，身體正面對重大的問題。

「嗯……**藥石無靈**，無論是人界的醫學還是魔幻世界的魔藥，現階段也是無法治療好我身患的癌症。」尤莉亞患上了不治之症，而這件事，她還在對海德拉隱瞞著。

「太可惜了，你的能力是魔幻世界不能缺少的**寶貴財產**，無論如何我們也需要你準確的預知能力。」尤莉亞的能力比海德拉的父親更強大更精準，加上她擁有賢者的資格能令天下妖魔信服。

「在我離開人世前，我一定會教導好海德拉，讓他成為魔幻世界**重要的棟樑**。」

就算有預知能力，尤莉亞依然萬萬沒想到他日的海德拉會變成想摧毀支撐魔幻世界的魔界樹的**大魔頭**。

然而所有賢者包括史萊姆王在內，相比起難以操控的海德拉，他們更想擁有大預言家尤莉亞。

　　「你最近臉色愈來愈差，是不是進行得太多拯救任務，消耗過大了？」海德拉雖是聰明的九頭蛇，但也不了解人類的身體結構，更不知**癌症**為何物。

　　跟隨尤莉亞十年以來，海德拉已把她當成最親近最重要的人。

　　「你少替我擔心，好好執行這次任務吧。」尤莉亞也把海德拉視為**生命中最重要**的人，在她的壽命耗盡之前，她一心只想著把海德拉導入正途。

　　「這次任務由你擔當主力，我會從旁指引的。」尤莉亞想在離世前把救世英雄的名號交給海德拉，好讓他日後成為有承擔的正義使者，把天賦才能用在正途。

「你不用出手，我一個人已經**綽綽有餘**。」海德拉說。

　　任務的內容是趕絕藏匿在密林內的不死族餘黨，那時代王國聯軍正剿滅強大得構成威脅的不死族妖魔，有幸逃過大難的不死族餘黨隱居避世，但只要被人發現，他們就會有生命危險。

　　「就是這裡嗎？」只要是尤莉亞安排的任務，海德拉都不會有任何質疑。

　　「是的，那些危險的不死族妖魔佔據這裡後，附近的族群也不敢接近。」委托人是附近小鎮的鎮長。

　　「危險？你以為世上有比我危險的妖魔嗎？」自信滿滿的海德拉**無畏無懼**，一股勁闖入密林深處。

　　但單刀赴會的海德拉看到的，卻不是他想像的窮兇極惡的妖魔。

「我們**與世無爭**……為何你還是要趕盡殺絕？」守護著妻子和女嬰的不死族戰士說。

「我們無仇無怨，要怪只怪你生而為不死族妖魔。」海德拉只想盡快完成任務。

經過一輪交鋒，不死族戰士已身受重傷，支撐著他站起身子的，是對妻女的愛。

「為什麼不主動進攻，一味防守下去你連丁點勝算也沒有。」海德拉完全壓倒對手，就算不死族擁有強大的生命力和復原能力也敵不過海德拉的猛攻。

「你是不會明白的，**沒有愛**，沒有珍惜的人，只追求力量的你是不會明白的。」不死族戰士雖然處於劣勢，但他未曾後退過一步。

「正因為力量的差異，你才什麼也保護不到，所以最重要的還是力量。」海德拉的手伸出多條毒蛇，貫穿了不死族妖魔的身體。

夫君！ 手抱女嬰的女不死族妖魔聲淚俱下。

「吖吖……」女嬰也傳來令人痛心的哭泣聲。

「夫人，快帶著女兒逃命……」戰士即使已受致命重傷，還是一步也不退縮握緊貫穿他身體的毒蛇。

「黑炎爆裂魔法！」戰士用盡僅餘的力氣，使出最後殺著。但這一擊只能拖延一點時間，並沒有對海德拉造成多大傷害。

「這樣又何苦呢，結局還不是一模一樣。」海德拉不消片刻就追上了逃跑的女妖和女嬰。

「求你 **大發慈悲**，她還只是個嬰兒，她無傷害過任何人的，你要殺便殺我吧。」女妖只想女兒平安無事，自己的生死已拋諸腦後。

「她只是未有機會傷害別人罷了。」海德拉準備痛下殺手，母女的求饒未能打動海德拉。

　　但是他的毒蛇最終沒有咬噬這對母女，剛才葬身黑火焰中的戰士就算只餘白骨，也追趕到母女面前。

　　「沒有人使用死靈魔法，為什麼他還能站起來？」海德拉**一臉莫名**。是拯救妻子女兒的執念，創造了海德拉眼前的奇蹟。

　　「往北面走，那裡是沒有人居住的未開發地區。」海德拉收起了殺意，轉身背向這對母女。

因為海德拉不忍直視，這男人為了愛人就算失去性命也**屹立不倒**。海德拉放棄了任務，他的智慧告訴他這才是正確的選擇。

「謝謝你……」女妖帶著女嬰離開，多年後女妖還是被王國的追兵殺害了，但她長大成人的女兒已擁有足以保護自己的實力。

女嬰就是今日協助海德拉打天下的**依娃**，雖然海德拉沒有告訴她這段往事，但當她和海德拉相遇的一刻，就感覺到自己命中注定要追隨這個男人。

「海德拉，不死族妖魔的屍首呢？」尤莉亞問踏出密林的海德拉。

「燒毀了。」海德拉說謊騙過鎮長，小鎮的人不再需要擔心威脅，同時這對母女不用 **命喪黃泉**。但騙得過鎮上所有人，也騙不過尤莉亞。

「為什麼不完成王國指派的任務，不滅絕不死族妖魔，日後他們 **勢力壯大** 又會威脅魔幻世界呀。」尤莉亞選擇在兩人獨處時才揭穿謊言，因為她害怕海德拉會被懲罰，更怕別人把他當成不死族的同黨。

這是少有海德拉和尤莉亞**各持己見**的
狀況。

「不，我沒有看到。」尤莉亞無法反駁。

「預知能力雖然強大，但未來是充滿未知數的，就算是不死族的妖魔，我看到的也只是一個**拼命求存**的家庭。」海德拉堅定地說。

那男人創造的奇蹟開闊了海德拉的思想界限，同時讓尤莉亞看見了一個新的未來。那就是海德拉帶領黑魔法派攻打人魔兩界的未來。

而在不久之後，尤莉亞一直藏起的記載人魔大戰的歷史古籍，更在最不適當的時間被海德拉翻閱了。

尤莉亞的身體狀況**愈來愈差**，就算怎樣粉飾亦難掩癌症對她的傷害，但她還是沒有把實情告訴海德拉，她不知道若然猶如海德拉至親的自己離世，對海德拉會造成多大打擊。

「這本書到底是什麼回事？」海德拉在尤莉亞的房間內找不到她，卻找到她刻意用魔力封印起的古籍。

封印解開之後，海德拉的意識被拉進記載那場戰爭的血淚史中，一幕幕**腥風血雨**的戰況呈現在他眼前，妖魔被迫離開自己的土地，就連九頭蛇一族被大屠殺的黑歷史他也猶如置身其中，他親眼看見率領妖魔的吸血鬼向身懷金黃魔力的女人投誠，那個長得和安德魯**一模一樣**的男人，親吻那長得和迦南難以區分的女人的手背。

「誰可以告訴我這本書寫的到底是哪一回事？尤莉亞呢？她到底在哪裡？」海德拉的意識回到現實後，帶著古籍像瘋子似的四處尋找尤莉亞。

「尤莉亞暫時不方便和你見面，你還是請回吧。」史萊姆們刻意阻攔。

「我要見尤莉亞，現在！」

海德拉殺氣迫人，弱小的史萊姆無不退後三呎。

海德拉感覺到異樣，一股強大而詭異的魔力在智慧之城某處隱藏著，敏銳的海德拉很快就飛躍到那樓層，把魔法結界打破。

「先是古書，後是樓層，你們到底想隱瞞什麼？在我發怒之前好**和盤托出**。」

封印和結界已難不到集智慧與力量於一身的海德拉，尤莉亞多年的教導養成了無可匹敵的九頭蛇。

　　而被海德拉發現的，是一個又一個悲慘的真相。面無血色的尤莉亞站在魔法陣中央，眾賢者和史萊姆王全神貫注，準備施展大型魔法。

　　「海德拉，這裡沒你的事，速速離開別阻礙儀式進行。」史萊姆王說。

　　「把尤莉亞交出來我便立即離開。」看到尤莉亞有危險，海德拉已忘了古籍的事。

　　「不，我不會離開這裡的，要走的人是你。」尤莉亞卻拒絕了海德拉。

　　「別再和他們一起發神經了，你知道你的臉色有多難看嗎？快跟我回去好好休息吧。」海德拉想接近尤莉亞，但被眾賢者的魔法牆壁阻擋在魔法陣之外。

「休息也不會有用，尤莉亞患上不治之症，她已經**時日無多**了。」史萊姆王說。

「你胡說什麼？」海德拉看著尤莉亞日復日的衰弱，也想過尤莉亞對他有所隱瞞，只是沒想到事態如此嚴重。

「尤莉亞所患的是人類的**末期癌症**，再過兩三個月後，她就會在痛苦中逝去，期間她的魔力和預知能力也會逐漸喪失，這對魔幻世界來說是莫大的損失。」史萊姆王說。

「*他說的是真的嗎？為什麼你一直瞞著我？*」海德拉心痛不已，相伴十多年的至親即將不久人世。

「是真的，我只是不想你太難過……對不起。」尤莉亞閉起雙眼，她沒有勇氣正視海德拉。

「還有兩三個月……我可以研究出能治好你的魔法，一定可以的。」海德拉不想面對快

失去尤莉亞的現實，猛力衝擊阻擋他的魔法牆壁。

「辦不到的，而且到時候尤莉亞的魔力和預知能力**消失殆盡**，便會失去她最重要的價值。」一眾賢者繼續阻攔，史萊姆一族研發的機械人守衛也全部在戒備。

「我才不管什麼價值，能讓尤莉亞活下去才是最重要的！」海德拉撕破一道又一道魔法牆壁前進，同時承受著從四方八面而來的攻擊。

「我們就是為了令尤莉亞活下去，才決定以這禁忌的魔法，把她的靈魂永遠存放在智慧之城內。」這不是史萊姆王一人的決定，是眾賢者達成的共識。

「你們這班**喪心病狂**的混蛋⋯⋯為了利用尤莉亞的預知能力竟想活生生把她燒死！」海德拉無視受到的攻擊前行，看到魔法陣開始冒出火焰後情緒更加激動。

我們只是讓她以更有意義的形式活下去罷了。拋棄腐朽的肉體，用永恆的生命傳承智慧，造福人民。這決定連尤莉亞也認同，只有你一個人在反對。

　　賢者們稱這計劃為大賢者計劃，他們想創造永恆不滅的智慧之神。
　　「想傷害尤莉亞……就要先過我九頭蛇這一關！」海德拉爆發出最強的魔力，背部更生出八條粗長的大毒蛇，這才是——

九頭蛇真正的姿勢！

「**全體進攻，不要讓他阻礙儀式進行，必要時候就算殺死海德拉也在所不計！**」

用來守護整個智慧之城的所有兵力，現在齊集起來對付一個海德拉，就算再強的妖魔，也難以一人之力消滅一隊軍隊。

一部又一部機械人被毒蛇咬破，一個又一個賢者被黑火焰燒死，無視身上血流不止的傷勢，海德拉一步又一步行近尤莉亞。

「等等我，我很快便會救你出來。」這刻海德拉理解到那不死族戰士為何就算只餘白骨也能夠站起來，為了保護最重要的人，海德拉也想創造奇蹟。

「殺了他吧……再繼續下去，大賢者的計劃便會**前功盡廢**。」眾賢者請求史萊姆王狠下心腸，出動城內最強的殺手鐧。

「為了未來……或者現在殺死海德拉才是最好的決定。」史萊姆王唸起咒語，啟動城內最後的防禦措施。

巨型魔導機械人正在迫近，但海德拉沒有理會，繼續伸手向火海中的尤莉亞。

　　「快跟我走，他們只想利用你，把你當成預知未來的**工具**，一旦這魔法陣完成了，你便永遠無法離開智慧之城。」海德拉說。

「這就是我的命運，天賦預知能力的我，就是為了守護生命存在，所以我必須成為大賢者，才能阻止你帶來的末日。」尤莉亞的眼淚被火焰的高溫蒸發掉，**病入膏肓**的她把僅餘的力量集中起來。

「難道古籍上的都是事實？人類對妖魔，對我的祖先真的做過那麼殘忍的事？」海德拉驚覺事情背後的真相，尤莉亞犧牲肉身和自由也讓靈魂留在這裡的真正原因，是為了阻止海德拉將會帶來的兩界末日。

如果尤莉亞不變成不老不死的大賢者，就沒有人能指引還未出世的迦南和安德魯。命運早在兩人誕生前已把他們和海德拉連繫起來。

「你曾是我最重要的人，我沒辦法看著你被殺害也**無動於衷**，但從今以後……」尤莉亞以魔法把海德拉傳送出智慧之城外，避過大型機械人從後而來的攻擊。

我們便要站在敵對的立場了。

「你等著吧，我一定會毀掉這建築在謊言的世界，也一定會**解放你的靈魂**還你自由。」海德拉知道無法勸服尤莉亞，正如他自己也不會被動搖一樣。

海德拉被傳送到智慧之城外某處，沒有人再能阻止大賢者計劃進行下去，火海之中尤莉亞的肉身已化為灰燼，從此以後再沒有救世英雄尤莉亞，只有囚禁在智慧之城的大賢者。

魔法列車內，安古蘭繼續把海德拉故事向安德魯和迦南訴說。

「原來海德拉失去過最重要的人。」安德魯說。

「看著尤莉亞被燒死，想必海德拉心如刀割。」迦南說。

「海德拉憎恨人類，同時也憎恨有份**隱瞞歷史真相**的妖魔，他所學到的知識，教曉他無論出發點是什麼，也不應該讓世人活在謊言之中。而他帶著古籍被傳送出智慧之城後，更失去了另一個重要的人。」安古蘭是早期加入黑魔法派成為幹部的要員，他很清楚發生在海德拉身上的事。

身負重傷的海德拉雖然被送出智慧之城，但是他面對的危機還未解除，智慧之城請求王國出兵剿滅海德拉，叛逆的九頭蛇之名很快就傳遍魔幻王國。

一邊逃亡一邊反抗的海德拉傷勢愈來愈重，在面對王國士兵和巨型魔導機械人的追擊下逃到深山裡的一個岩洞之內。

　　「我不可以倒下……如果連我也死了，就沒有人揭露真相，沒有人為戰死的妖魔伸冤昭雪。」妖魔和人類已多年沒有衝突，雙方甚至建立起邦交，各取所需的資源，魔幻學園的出現更教育出無數優秀的人類魔法師，這段充滿血淚的歷史將會無疾而終。

　　「大家分頭找，海德拉身受重傷一定逃不遠的！」王國派出的士兵已包圍深山，要找出海德拉只是時間上的問題。

　　「我是不會坐以待斃的……就算要死我也要死得轟轟烈烈。」海德拉孤注一擲，決定出洞外拼死一戰。

「少年，別輕舉妄動。」但海德拉命不該絕，他所躲藏的岩洞是兩名妖魔的棲息地點。

追尋到岩洞的士兵被突如其來的大手抓起，他的慘叫聲喚來更多追兵。

「在那邊！只要把海德拉的屍體帶回去，國王一定**重重有賞**。」海德拉已成為高額懸紅的通緝對象。

追兵聚集起來，但人數卻不知不覺地減少，妖魔的大手神不知鬼不覺地消滅還懵然不知的士兵。

隊長⋯⋯我想起了，這一帶是那兩個怪物的據點，不如我們先撤退吧。

士兵冒出冷汗，感覺在樹林之間有顆充滿殺氣的眼睛在盯住他。

帶領士兵的人不願放過海德拉這快要到手的肥肉，更多士兵遭受到殺害，隱藏身影的大妖魔終於被大型魔導機械人抓住。

　　「哥……撐不住了。」身型巨大的妖魔臉上長著一顆又圓又大的眼睛，嘴巴大得足以吞下一頭大象。

　　「到底是**何方妖物**……樣子怎會這樣可怕的，刺死他！大家一起上！」士兵的隊長發號施令。

　　「想傷害我弟弟的人，全都休想活著離開。」另一名同樣身型**魁梧**的妖魔擁有四隻手臂，越過海德拉步出岩洞。

　　獨眼巨人泰利和四手巨人泰坦，他們因為身體天生就和其他巨人不同，被視為不祥的異類而被拋棄和驅逐。

但是他們異於常人的不只外形，他們的力量和食量也遠超於正常巨人，在野生長大的兩名巨人很快被王國盯上，視為威脅平民的不法妖魔。

　　泰坦四隻手臂都握著利劍，士兵在他的面前只有被撕碎的份兒。就連把泰利壓制的大型魔導機械人也被他打得**破破爛爛**。

　　「你們快遠離它！」海德拉發現機械人的魔力急速膨脹，快要迫破身軀造成爆炸。

　　泰坦和泰利來不及閃避，機械人啟動了自爆裝置準備和他們**玉石俱焚**。

　　「極限黑洞魔法！」海德拉以餘下的力氣使出黑魔法，及時把快爆炸的機械人吸進黑洞之中。

海德拉在這之後不支倒地，泰坦和泰利為了避免王國會派來更多追兵，背著海德拉逃跑到更偏遠的隱蔽據點，一個在荒野被廢棄的教堂。

「這裡是……」九頭蛇天生擁有強大的復原能力，加上接受了泰坦和泰利的治療，海德拉的身體已回復得**七七八八**。

「這裡是安全的地方，你可以放心在這裡休息。」泰坦說。

「我睡了多久？」海德拉翻找自己的衣服。

「兩天了……」腦袋發育不全的泰利數著手指說。

「不能再待在這裡……我必須盡快到皇城，揭開那些人**虛偽的面具**。」海德拉說。

「你在找這本書嗎？」泰坦把古籍交還給海德拉。

「你看了裡面的內容？」海德拉緊張地問。

「那些畫面是真實存在過的嗎？」泰坦邊點頭邊問。

「全部都**千真萬確**，我們被王國欺騙了這麼久，還和我們的仇敵人類建立邦交，我不能接受！」海德拉激動地說。

「可恨的國王阿瑟，不只想把我們兩兄弟趕盡殺絕，還是個滿口謊言的不義之徒！你打算怎麼辦？」泰坦問。

「我要結束這建築在謊言之上的王國，向把我們同胞趕走的人類發起戰爭。」海德拉要終結**腐敗的制度**，同時想藉此還尤莉亞自由。

王國一日存在，賢者們就不會放棄透過大賢者計劃，利用尤莉亞的預知能力獲得權力和地位。

「這等於與**天下為敵**，憑你一個人是辦不到的。」泰坦說。

「世上一定存在和我擁有相同信念的人，就算要花多少時間，就算不擇手段我也要達成目標。」仇恨把海德拉的思想變得極端。

「好！我們兄弟願意追隨你，達成你的鴻圖偉業。」泰坦向海德拉單膝下跪，以表忠誠，愚笨的泰利也跟著跪下。

「這是一條**不歸路**，不成功便成仁，你們有犧牲性命也在所不辭的心理準備嗎？」海德拉問。

「就算繼續活下去，我們也只能過著逃亡的生活，倒不如和你一起放手一搏。」泰坦意志堅定。

「好！從今天起，你們就是我海德拉的兄弟。」最早跟隨海德拉，成立黑魔法派的就是泰坦和泰利兩個巨人。

海德拉並不是**有勇無謀**之徒，他很清楚要揭穿這瞞了世人多年的謊言，單靠手上的魔法古籍是不足以讓世人信服的，他要製造讓黑魔法派壯大的機會，凝聚足以對抗王國大軍的兵力，為此他需要和國王器重的父親見面。但他被王國以破壞智慧之城的罪名通緝，所以他只好喬裝成商人混入皇城，相約父親在魔界樹下深宵夜會。

皇城繁榮而且熱鬧，不同種族的妖魔熙來攘往，**絡繹不絕**，但在海德拉的眼中，他們都是被蒙騙的受害者。

「哥哥。」海德拉偷入城中約見父親，但前來的卻是他的妹妹，海倫。

「父親呢？」海德拉問。

「國王對爸爸進行**嚴密監視**，擔心他和你有接觸。」海倫覺得在皇城有如在監獄。

然後海德拉把在智慧之城發生的事全部告訴海倫，也讓她親歷古籍中的黑暗歷史。

「我明白了……你想要對付皇城，但是……你打算怎麼辦？」海倫問。

「我需要父親以預言家身份的幫助，用末日預言令魔幻王國**四分五裂**，然後我會帶領黑魔法派，在傾倒皇權時拆穿他們的謊言。」以其人之道，還治其人之身，海德拉以末日來發起政變，在人民對末日預言半信半疑的時候，黑魔法派便會乘虛而入，暗中崛起。

蟲卵成功寄生到魔界樹上，海德拉同時展開對金黃魔力持有者的追捕，事情發展就如海德拉預期一樣，除了一件事⋯⋯

預言家海格妖言惑眾，想分裂魔幻王國，他和他的兒子也是危害魔幻王國的危險分子，為停止謠言繼續散播，國王阿瑟現在宣佈把海格處死。

國王為阻止海德拉的陰謀，開始追擊信奉海德拉父子的人，不讓黑魔法派壯大。

「放開我！我要去救我的父親！」海德拉知道後激動不已，黑火焰在他身上燃起。

「冷靜點，你是我們的領袖，如果連你也落網，一切計劃便會*付諸流水*。」泰坦攔住了海德拉。

「滾開！是我害父親被判死刑的，我要趁刑期未到，把父親救出來！」這時候黑魔法派已逐漸成形，安古蘭也已經以**臥底**身份加入並成為幹部，但除了泰坦和泰利外，沒有人敢阻海德拉的去路。

「不要……大哥說不要，去的話死路一條的。」泰利不懼猛火緊抱著海德拉。

「放手，不放手的話你會被黑火焰燒死的！」海德拉激動地說。

「**戰爭不可能沒有犧牲**，這一點你親眼目睹過，你的心裡應該很清楚。」泰坦說。

「海德拉大人，我們可以為你赴湯蹈火，但在大業未成之前，黑魔法派絕對不能失去你。」一眾幹部向海德拉下跪，他們懇求海德拉為大局拋開個人的親情。

「你們……」海德拉心裡明白，公開行刑是引他入局的陷阱。

「泰利，別放手，為了守護你的性命，我們每個人也可以犧牲。」泰坦堅定的說。

假意投誠的安古蘭看著這畫面對海德拉也產生了同情，黑魔法派這些妖魔流露的感情竟然是這麼真摯。

這個仇我一定會報，我一定要王國血債血償……尤莉亞、父親……我不會讓你們白白犧牲的。

海德拉用盡全力握緊拳頭，甚至手心淌血也不自覺。

海德拉的父親在**眾目睽睽**之下被處決，蒼天連續下了幾天大雨，像是把海德拉沒有流下的淚水釋放出來。

而海格的犧牲，令支持海德拉的人更加團結，他成為了黑魔法派的**精神領袖**，只可惜失去了最重要的兩個人後，海德拉變得更冷酷無情，更不擇手段。一切，已沒有回頭路了。

　　回到現在的皇城，數百米之外，大批人馬整齊排列，他們都是**黑魔法派**的信徒，是為支持海德拉而集結的軍隊，當中擔任領軍大將的，是四手巨人泰坦。

　　「今日就是我們等待多時，攻佔皇城的大日子，大家準備好了嗎？」泰坦站在以黑袍遮蓋全身的人面前叫陣，提升大軍士氣。

　　這裡不同種族的妖魔都眼神凌厲，數量更遠超襲擊智慧之城的半獸人部隊，他們雖然來自不同地方，但帶著**相同的信念**，就是推翻王國，拆穿隱瞞妖魔多年的歷史真相。

　　「準備好的話，便全部跟我一起上！海德拉大人！請發號施令！」泰坦四手各執一劍，準備到皇城大開殺戒。

而在他身後的人把黑色的魔力發射到上空，製造出舞動的九頭巨蛇的影像，戰爭的號角正式響起，為黑魔法和皇城的戰爭揭開序幕。

皇城之內一片混亂，因為在城內的居民看
到九頭蛇的黑影全都爭相走避，哨兵的號角聲
連綿不絕，**突如其來**的敵軍在毫無先兆下
衝向皇城，這是近十年來也沒有在皇城發生過
的事。

「是黑魔法的突襲，皇城守衛軍立即準備迎擊！」因為皇城守衛森嚴，統領皇城守衛的巨人大將伯頓經驗豐富。

「伯頓，讓我帶領**皇家騎士團**上前線作戰吧，守衛皇宮的重任便交給你了。」而且皇城內還有由卡爾的父親，卡隆帶領的精銳部隊。

兩隊部隊也久經沙場，所以從來無人敢挑戰皇城的權威，但這一次海德拉也是有備而來。

「好，守護國王一事交給我便可以了。」伯頓身穿金甲，帶領守衛軍準備出擊。

但是皇城有多少兵力，海德拉早已知道，伯頓和卡隆會作什麼部署他也*瞭如指掌*。

「團長，大事不妙了，皇城監獄突然失守，大批囚犯跑出來四處破壞！」副團長蜘蛛男多恩報告著說。

「多恩，你率領兩個小隊前往保護平民，把囚犯押送回監獄，其他人跟我一起對抗外敵！」卡隆指揮著說。

三頭犬賽伯拉斯和三名幹部從皇城內發動攻勢，配合泰坦帶領主力部隊正面衝擊皇城，而同一時間，乘坐魔法列車的迦南和安德魯等人，也快將到達皇城。

安古蘭結束了對海德拉過去的追憶，這個**十惡不赦**的大魔頭背後的故事，令安德魯和迦南同情和心痛。

「爸爸，為什麼要把這些事告訴我們？若我同情海德拉，又怎樣對他狠下殺手？」安德魯感覺對海德拉的仇恨減弱了。

「**以仇恨為動力**，是無法擊敗海德拉的。」安古蘭說。

「因為沒有人比海德拉更充滿仇恨，他背負著兩個最重要的人，還有信任他的信徒的生命。」迦南開始理解海德拉。

要擊敗比自己強大的對手，就必須先理解對方。

「迦南，你在小時候差點被他殺害了，無數像你一樣擁有金黃魔力的人被他奪去性命，還有在戰爭中被黑魔法派殺害的**死難者**，難道你不憎恨他嗎？」安德魯問。

「黑魔法派的惡行是不能饒恕的，海德拉必須為他的罪行負責任，但在這之前，他同樣是一個**受害者**。」迦南設身處地去思考，她要了解敵方首腦的想法。

信念能帶給人力量，愈是堅定的信念愈能讓人變強，要對付海德拉，迦南和安德魯必須有比海德拉強的信念。

「我是在智慧之城受**尤莉亞**的呼喚，而得知這些事情的。現在尤莉亞的靈魂已消失，沒有人能預測海德拉的行動，這一場仗到底他會如何部署，連曾是幹部的我也不清楚，只有兩件事我是確定的。」安古蘭說。

「那兩件事是什麼？」迦南問。

「曾被你們擊敗的**三名幹部**，會連同囚犯們突破監獄，從皇城內發動攻勢。」安古蘭說。

「三頭犬賽伯拉斯，那個曾利用獵人傷害我們，迫我吸迦南的血的壞蛋……」那時候，單靠安德魯根本不敵賽伯拉斯。

「還有能操控別人的毒蜂女莎朗，和變色龍索隆……」迦南回想起昔日讓她們陷入苦戰的對手。

「不只他們，相信黑魔法派中其他幹部也會參與這次行動，問題是幹部之中有兩位身份神秘的妖魔，其中一個一直潛伏在皇城內向海德拉**通風報信**。」安古蘭擔當黑魔法派幹部已久，但仍不知道部分成員的身份。

「這一場仗，關乎著兩個世界的未來……」迦南感覺到肩上重擔。

「只要解決海德拉這魔頭，這場仗便會結束。」蛇無頭而不行，安德魯鎖定目標為敵方的大帥。

「我們快到達目的地了，皇城地底下的秘密火車站，那裡是大賢者向國王建議興建的秘密地點，應該沒有敵人會找到，但地面之上，恐怕已**兵荒馬亂**。」安古蘭說。

迦南和安德魯跟隨安古蘭到前一個車廂和眾人會合，展開最後的作戰會議。

「我們的首要任務是疏散平民和對付城內**越獄**的囚犯，城外的敵軍以皇城的兵力應該能抵禦一段時間的。」安古蘭擬定了初步的作戰計劃。

「皇城城門那邊的防禦力真的足夠嗎？若然城門被黑魔法派突破，後果將會不堪設想。」法蘭看著皇城的設計藍圖說。

「海德拉是黑魔法派的命脈，一定不會冒險**上前線**作戰，領軍的應該只有泰坦和泰利，加上海德拉召集的妖魔也未曾操練過，這種臨時湊合的陣容應該無法擊破訓練已久的皇家騎士團。」安古蘭推測著說。

「這樣的話，只要盡快把囚犯關回監獄，然後和皇城軍隊合力對抗城外的敵軍，應該能守住皇城的。」法蘭同意安古蘭的部署。

「那魔界樹呢？大賢者說過海德拉的目標是摧毀這大樹。」迦南擔心自己能否不負尤莉亞所托，成功阻止兩個世界的**末日**。

「魔界樹位於皇宮後面的大花園，要到達那裡必須穿過皇宮方可到達，只要城外的敵軍無法進入，而皇宮有卡隆戒備，就算有囚犯接近也一定不會輕易失守。」安古蘭深信這部署萬無一失。

然而戰況並不如安古蘭所預期，海德拉這次可謂全軍出擊。部署十年之久的這一仗，是他賭上一切向王國作出的報復。

　　安德魯和迦南等人步出魔法列車，在地下
車站內只有微弱的**火光**，指引通向地面的唯
一一條階梯。

　　「阿諾特你要去哪裡呢？」史萊姆王心中
有愧，他知道自己有份令海德拉變成仇恨的化
身，要修補過失，他決定親身上陣。

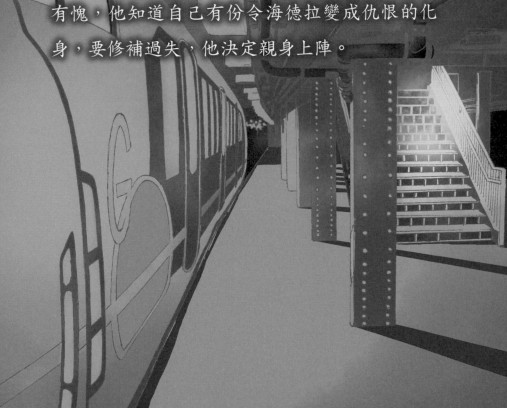

「我的目標只有一個，就是小看我的海德拉。」阿諾特要**以牙還牙**，以從黑魔法派學習的強大黑魔法，來摧毀輕視他的海德拉。

「相信就算我怎樣勸告你也不會聽從，阿諾特就按**自己的意志**去辦吧，其他人謹記要小心行事，切勿單獨行動成為被圍攻的目標。」法蘭叮囑被捲入戰爭的學生們。

「四葉，愛莉，我們辦得到的，只要趕出寄生在魔界樹內的魔蟲，就能阻止末日降臨。」迦南牽起兩位同樣是金黃魔力持有者的手。

「你的手在**發抖**嗎？不用怕呀，有我九尾狐四葉在，什麼魔蟲也準備受死吧！」四葉安慰迦南，經歷多番危機，她們已情同姊妹。

「還有我在呀，你們不用擔心魔力枯竭，我會成為你們**可靠的後盾**。」愛莉自信地微笑。像是命運的安排，三個不同種族的金黃魔力持有者有著相同的使命。

「開始行動吧。」法蘭和牧林兩位老師合力推開厚重的石門，刀劍交擊的響聲和妖魔的慘叫聲充斥整個皇城。

「安德魯，在開戰前，我有**最後一句**話要跟你說。」安古蘭拉住安德魯說。

「爸爸？為什麼你這麼神情凝重？」安德魯疑惑地問。

安古蘭定神看著安德魯，似是不想錯過能看見兒子的每一分、每一秒。

「明白了⋯⋯」安德魯口說明白，但父親的**弦外之音**，他並沒有聽出。

皇城之內，海德拉的主力部隊雖然還未攻陷城門，但城內已一片混亂，烽煙四起，賽伯拉斯悠然自得地笑著，彈指之間已把多幢建築物摧毀，多條逃生通道也被堵塞。

破壞！老子被困在監獄已太久了，今天我要盡情破壞，盡情殺戮！

更可怕的是那些充滿戾氣的囚犯壓抑得太久，現在重獲自由更加**如狼似虎**。不管男女老少，只要被他們看到都無一倖免。

「像你這種窮兇極惡之徒，還是回監獄渡過餘生吧。」皇家騎士團副團長多恩到達現場，劍法如神的他輕輕鬆鬆已打倒一個囚犯。

「上級疾風魔法！上級防禦魔法！」騎在魔法掃帚上的女精靈貝露支撐起倒塌的建築，再以魔法守護住平民，好讓他們全身而退。

「皇家騎士團嗎？你們的團長卡隆呢？」賽伯拉斯問。

「對付你們這班鼠輩，不用團長親自出手，有我多恩就足夠了。」六手各持長劍的多恩向賽伯拉斯正面挑戰。

「多恩，我來支援你。」貝露翻動魔法書想為戰友支援，但突如其來的攻擊差點命中她的眉心。

「你的對手是我，不專心一點，我的蠍尾毒針可會取你性命啊。」蠍子女妖妮歌的尾巴能隨意伸長，能在遠距離攻擊。

「皇家騎士團聽令，這兩名幹部由我和貝露對付，其他團員邊制服囚犯邊協助平民疏散。」多恩感受到賽伯拉斯驚人的魔力，他知道其他團員也難以匹敵。

戰場上**兵荒馬亂**，忙於應付強悍的幹部，貝露和多恩都忽略了一個重要的細節，多條道路被倒塌的房屋阻塞，導致逃生的平民們都向同一個方向疏散，而這方向正是皇宮所在的方向。

城門外，以泰坦擔任先鋒大將的黑魔法派大軍已和皇家騎士團短兵相接，**氣勢如虹**的先頭部隊無視城牆上射出如雨落下的弓箭，以虎和豹妖為主的先頭部隊速度之快嚇了守衛軍一跳。

「**堅守陣地**，魔法師部隊準備攻擊！」團長人狼卡隆邊阻擋敵軍邊指揮己軍。

火球和雷電襲向持續進迫的黑魔法派大軍，但會使用魔法的又豈止皇城守衛軍？黑袍遮身的九頭蛇已展現最強姿勢，身後八條大毒蛇噴出翠綠火焰抵消皇軍的魔法攻擊。

「海德拉竟親身上陣，只要把他拿下，黑魔法派便會就此絕跡。」卡隆深明**擒賊先擒王**這不變的道理，敵軍統帥就在眼前，這是千載難逢的機會。

「這一仗不是皇朝變改，就是黑魔法派從此消失，海德拉大人當然會親自上陣，以壯大我軍士氣。」但想深入敵陣去狩獵海德拉絕非易事，因為葬身在泰坦四把大劍下的守衛軍愈來愈多。

「盾兵隊，槍兵隊，列陣！」但訓練有素的騎士團數量眾多**裝備精良**，盾兵的大盾任虎妖豹妖怎樣進攻也徒花氣力。

「退後！別和盾兵硬碰！」泰坦心知不妙。

盾兵突然傾側大盾，槍兵趁機會以長槍突刺向敵軍，走避不及的先鋒部隊，腳部都被刺傷。

「大軍向前推進，我們要乘勝追擊，把海德拉拿下。」虎和豹妖的優勢在於移動迅速，身手靈活，腳部受傷大大影響他們的行動力。

「**列陣，錐形陣！**」卡隆站在最前線，其他盾兵則從他身後手持大盾排列出三角形，並保護三角形內的槍兵，這樣的陣法有利於突破，同時減少了需要防守的角度。

藉著盾兵和槍兵合作無間的戰陣，令黑魔法派**節節敗退**，卡隆深入敵陣，看到目標離他愈來愈近，他深信勝利在望。

「繼續前進，弓箭隊和魔法隊別停止支援！」卡隆戰力驚人，面對敵方大將泰坦也略佔上風，以一把大刀力壓對手四把利劍。

但是急於取勝的卡隆沒有為意到城牆上的隊友並非停止了支援，而是守衛軍太過深入，已經離開隊友能支援的範圍，而這正正是泰坦想要的結果。

　　「你已經跌入我設的圈套了。」後方精通法術的妖魔們全部跟隨身穿黑袍的九頭蛇使出土魔法，岩石牆從地面上升，把騎士團牢不可破的錐形陣徹底分散，更重要的是由於卡隆等先鋒的位置已離城牆太遠，魔法和弓箭隊再也無法掩護他們。

　　「團長，怎麼辦？我們應該往後退嗎？」大大小小的岩石牆破壞了列陣，更令後退的路變得崎嶇，士兵們都不敢妄動。

　　「快打開城門，去支援前方被困的隊伍，護送他們撤退！」城牆上指揮魔法和弓箭隊的將領發號施令。

「不……海德拉就在眼前，只要能殺死他，就算我們無法全身而退，也一定能贏得勝利。」但卡隆不甘心就此退後，就算現在撤退也會受岩石牆阻礙而被敵人從後窮追猛打。

「各小隊排成圓形陣支撐到援兵到來，其他對自己實力有信心的人跟我一起上，目標是取下海德拉的首級！」卡隆決定**孤注一擲**，拼上性命上前進攻。黑袍的九頭蛇和他距離只有二十米，卡隆的眼中已只餘下這大魔頭。

城外的戰鬥進入關鍵時刻，現在處於劣勢的騎士團只有殺死敵方領袖海德拉，才有機會扭轉局面。

「**蜘蛛劍舞陣**。」皇城內皇家騎士團邊疏散人群邊鎮壓囚犯，而副團長多恩正面對著黑魔法派的幹部三頭犬賽伯拉斯。

「副團長嗎？身手不錯呢。」賽伯拉斯靈活閃避，但又被多恩的利劍擦傷。

「為什麼不還擊？黑魔法派的幹部都是只會**左閃右避**的鼠輩嗎？」作戰至今多恩的進攻都被輕鬆化解，但他的體力卻不斷消耗。

「別心急，這麼盛大的派對當然要慢慢享受，讓更多人來參與才對嘛。」狡猾的賽伯拉斯又再發射出犬頭魔法擊碎逃生者上方的建築物。

「蜘蛛纏絲網！」多恩以蜘蛛網阻止倒塌的屋頂傷害平民，在敵人面前也不惜露出破綻。

「你所保護的這些人全都被欺騙了，到底他們知道**歷史真相**又會露出什麼表情呢？」賽伯拉斯的利爪打斷了多恩兩把長劍。

「我根本不知你在胡說什麼，但無論如何你們的奸計也不會得逞。」多恩棄掉斷劍，為免再被對手拖延時間，多恩決定使出最後殺著。

「雷電魔法，神速劍舞陣！」
以魔法加強的快速多重劍法，多恩曾以此招殺退無數妖魔。

「愈是心急，就愈顯得你們皇家騎士團有多不濟。」快如閃電的突刺全部在賽伯拉斯面前停下，多恩感覺寸步難移。

「糟糕了，是……重力魔法。」無形的重力壓在多恩身上，任他有多快的速度也無法施展。

「來嘗嘗來自地獄的吶喊吧！吼！」三頭犬賽伯拉斯在近距離怒吼，強力衝擊波震碎多恩一身戰甲，更重創他的**五臟六腑**。

「叫你們的團長來迎戰吧，否則他的騎士團快要全軍覆沒了。」其他團員雖然能勉強壓制囚犯，但沒餘力迎戰強大的幹部。

「你休想……」多恩已連站起來也很勉強。

「看看四週圍吧，就算現在我要摘下你的首級，又有誰能阻止？」魔力凝聚賽伯拉斯手裡，下一擊將直接奪去多恩性命。

「貝露……」就連和他**出生入死**的魔法師貝露也不敵蠍子女妖妮歌。

魔法書被刺破，魔法杖被刺斷，精靈貝露已被擊倒地上再無還擊之力。

「皇家騎士團也不外如是嘛。」妮歌踩在貝露身上。

「不會的……怎麼可能？」多恩感到絕望，單靠在場皇家騎士團的兵力已不足以對付兩名幹部。

「再見了，蜘蛛仔。」賽伯拉斯狠下毒手，但急速飛來的九個火球直擊在他身上。

「狐火？是妖狐族嗎？」火焰被他的魔力迫散，前來救援的少女從天而降。

斗膽欺負我的師父，
來讓我好好教訓你！

　　九尾狐四葉尾巴上揚，熊熊烈火再在她尾
巴燃起。
　　「小公主？」多恩沒有忘記在狼牙山谷和
她短暫的特訓時光。

你怎麼來到這麼危險的地方？

師父有難，做徒弟的當然要出手相助啦，你就好好休息，看我怎把這壞蛋打趴地上！

九尾狐火再次連射出擊，四葉也不忘一日為師，終身為父的恩情。

「來多個小妹妹，又會有什麼分別嗎？」

賽伯拉斯以**衝擊波**對抗火球，火球被吹散，但更密集的攻擊已緊接來到。

　　「本小姐可是妖狐族的公主，最勇猛的人狼的未來妻子呀！」帶著火焰的九條尾巴如鞭子從多角度猛打，四葉謹記著多恩的教誨，把每一條尾巴操練得如手指般靈活。

> 我不是告訴過你，別四週圍跟人說你是我的未婚妻嗎？最勇猛的人狼這一點你倒是沒有說錯。

　　趁著賽伯拉斯忙於防守之際，卡爾已經變成人狼形態，躍到他背後。

　　「又是你這**人狼小鬼**？上一次被那法師暗算你才拾回一條小命，你認為你這種小角色能和我匹敵嗎？」賽伯拉斯展現出黑犬的頭部，身體也長出黑毛和變得更強壯。

沈重的一拳直擊賽伯拉斯臉上，力量足夠
把他整個人轟飛到遠處。

「這只是**八成力**左右呀，應該飛更遠才對的，一定是因為在列車上沒吃飽。」卡爾摩拳擦掌，他要挑戰過去無法擊破的高牆。

「臭小鬼⋯⋯還有多少個？統統過來讓我撕碎你們！」賽伯拉斯**老羞成怒**，但這次他不會再輕敵，立即以最強的三頭巨犬姿勢迎戰，因為四葉和卡爾的合擊已教他嘗到苦頭。

然而，在這些歲月裡脫胎換骨的也豈止卡爾和四葉？快速而強大的魔力光束直射向妮歌，妮歌及時跳躍向上方的屋頂才得以避開。

「放開你的腳，這行為很沒禮貌！」迦南少有地露出**嚴肅**的表情，一向和善的她知道這一次不能再有所保留，戰場上一刻的猶豫也足以致命。

「是在智慧之城的學生，依娃竟然會失敗？三頭犬你認真一點，這兩個女孩是海德拉大人的目標。」妮歌提防著迦南，她是僥倖才能避過剛才的一箭。

「目標？我也想見一見海德拉，但是要在確保皇城的人們安全後。」迦南再次擺出拉弓姿勢，她感覺這魔法戒指用起來**得心應手**，就如曾經是她的魔法道具。

這Ｙ頭口氣真大，讓我把你麻醉後再縫起你嘴巴。

妮歌以盯著獵物的眼神注視著迦南。

但走過多次**生死關頭**，在智慧之城更險些喪命，現在的迦南已不是獵物，她已具備當獵人的實力和心理準備。

一發光箭直奔妮歌所在的位置，威力強大得把屋頂炸碎，妮歌側跳避開，想要向前奔跑拉近和迦南的距離，卻又發現迦南的箭又已在弦上，準備就緒。

迦南沒有一絲猶豫，第二箭、第三箭，迦南以驚人的魔力藏量接連攻擊，想要靠近她的妮歌避過第二箭後，卻被第三箭擊中腹部。

　　「怎麼可能？魔力猶如**無窮無盡**般發射出力量這麼強的光箭。」若不是擁有幹部級別的實力，這一箭已足夠把妮歌擊敗。

　　「看來除了支援之外，沒有我出手的份兒呢。」就算藏量再多，要接連放出強力攻擊也需要喘息回氣的時間，但迦南卻不需要，因為她的身後有人魚公主替她回復力氣。

　　「謝謝你，愛莉。我想盡快解決她，幫忙支援其他地方，你能為我繼續唱歌嗎？」迦南在智慧之城時已發現，只要伙拍愛莉，她能把這弓箭的力量發揮得更**淋漓盡致**。

「唉呀……如果這樣對我說的是艾爾文就好了。」念掛著白馬王子的愛莉說罷，再詠唱起歌曲。

「口氣大的丫頭原來不止一個，雖然始料不及，但也休想阻礙海德拉大人的計劃！」妮歌也不作保留，下半身變成巨大**黑蠍子**，上半身則保留原貌，這才是蠍妖族真正的姿態。

「貝露姐姐，你請到安全的地方暫避，我們很快便會擊敗她和你會合。」不只得心應手，此刻的迦南不再畏懼，看過大賢者播放的戰爭歷史，聽過海德拉的成長歷程，迦南知道自己不能再以學園少女的身份踏上戰場，現在的她是為拯救兩個世界而戰的魔法師。

然而一直未見身影的毒蜂女莎朗終於出現，身後更帶著一批令人**意想不到**的敵軍增援。

「要對這麼多獄卒洗腦操控，比我想像的更花時間呢。怎麼這裡多了幾個魔幻學園的學生？」莎朗身後的是監獄內本來的獄卒，但現在包括獄長大角犀牛妖全部都聽命於她。

「那就增加多幾具傀儡吧。」莎朗操控大量毒蜂飛向迦南等人。

「可惡……才剛看見勝利的曙光。」無力再戰的多恩擔心著說。

「不要緊，我們的援軍也來了。」迦南看著上方，兩對黑翼飛翔到她的面前。

安古蘭和安德魯各自施展強力魔法，把想接近的毒蜂化為灰燼。

「不錯嘛，安德魯。」安古蘭說。

「我不會被爸爸你比下去的。」安德魯微笑著說。

　　安德魯一直思念的父親，那曾經被視為英雄的男人，現在正和他並肩作戰，他感到十分幸福。

「安古蘭你來得正好，我就順便解決你這**叛徒**。」莎朗指向安古蘭的瞬間，被操控的獄卒全都直奔過去。

「銅牆鐵壁。森林之牆。」法蘭和牧林趕到現場，兩人的防禦魔法包圍了突進中的獄卒們。

「安德魯，你已學會**解除洗腦**的魔法了吧？」安古蘭問。

「當然，我的魔法成績可是名列前茅的。」安德魯取出魔法杖，他已猜想到父親的用意。

「那就來比一場，看看誰解救較多獄卒吧。」安古蘭說罷展翅飛翔，他錯過教育兒子的時光，雖然身在戰場，他現在就想把握這機

會。

「爸爸！你偷步！」安德魯立即追上前去。

兩名吸血鬼在人群中穿梭飛行，速度之快無人能阻，一個又一個士兵在他們的魔法杖下**回復清醒**，安德魯像是在凡人父親手上學習騎單車一樣，他看著父親的動作，父親的身影，飛翔得更順暢，動作更俐落。

「這一招你又會嗎？」安古蘭變化成黑霧。

「當然會。」安德魯也跟著使出吸血鬼的特殊伎倆。

「但這一招你不會吧？」霧化中的安古蘭夾雜著閃電在霧內，把接觸到的獄卒都電暈。

「這是高階的吸血鬼秘術？」安德魯問。

「來，讓我把竅門告訴你。」
安古蘭珍惜這時光，因為能親自教
導兒子的日子，或許已不多。
　「是魔幻學園的老師們，這次
有希望了。」貝露也傷勢不輕，
幸好強力的支援及時趕到。

被操控的獄卒動作簡單遲鈍，安古蘭和安德魯在談笑之間已把他們喚醒過來，掩護毒蜂女莎朗的就只餘下被操控的巨角犀牛獄長。

安德魯，有信心能越過他的長鞭嗎？

安古蘭從左邊飛向獄長，而在戰鬥的同時他不時留意著城門的方向。

爸爸辦得到的，我也一定能辦到。

安德魯則從右邊接近。

兩人不懼獄長亂舞的狂鞭，左右夾攻突進到他的面前。

「上吧，安德魯。」安古蘭以魔法束縛起獄長的身軀，好讓兒子安全接近。

解咒魔法！

安德魯也不負所托，繞到獄長身後施展魔法。

「**不愧是我的兒子。**」安古蘭與
兒子相視而笑。

　　「統統都是無用的傀儡……賽伯拉斯和妮
歌又被苦纏著……城外的支援還未到嗎？」莎
朗不是擅長作戰的幹部，她的強項只有操控他
人製造混亂。

「**束手就擒**吧，過去你不是我的對手，今日的我要擊敗你更是易如反掌。」安德魯已準備好發動攻擊，經歷一次又一次的挑戰，安德魯已變得愈來愈強。

然而莎朗所等待的東西已快來到了，城門傳來多聲巨響，那是安古蘭不時注意的方向。

犧牲

幾分鐘前，城門打開了，城牆上的弓箭手和魔法師也紛紛前往支援被岩石牆圍困的前線守衛。

「**飛行部隊，上！**」但這一切都在泰坦意料之內。

先是引卡隆離開城牆，繼而阻斷他的退路，待守護城門的最後防線也踏上前線，他就達成目標了。

會飛的妖魔一直**靜待良機**，現在他們全體高速飛向城牆，他們有的載著同伴入城，有的則投放炸彈，走出了城牆的遠攻部隊看到城牆出現缺口，才恍然大悟。

「團長，城牆那邊要被攻破了！」城牆被破，黑魔法派大軍要攻入皇城就**易如反掌**，因為失去了地利優勢，卡隆等人還身陷險境。

「大家衝向皇城，我們已勝利在望了！」泰坦高聲吶喊助威，令黑魔法派氣勢如虹。

「既然沒有退路，就算死我也要和海德拉同歸於盡！」卡隆孤注一擲，把人狼的爆發力催谷至極限。

「**狼牙破山斬！**」卡隆快如閃電般穿越到敵軍之中，九頭蛇終於在他的攻擊範圍內。

「受死吧！海德拉！」黑袍遮蓋全身的九頭蛇來不及防範，卡隆賭上性命的一擊，成功命中目標。

黑袍再遮不住面孔，但是卡隆卻露出震驚的表情。

身穿黑袍站在大軍中央的的確是九頭蛇，但是九頭蛇卻不等於是**海德拉**。

　　「意外吧？你賭上這麼多士兵的性命，但在這裡的不是我們的領袖。」泰坦看準時機，四把大劍連環刺穿卡隆的身體。

　　雖然九頭蛇族已瀕臨絕種，但在這裡的是用來誘敵的替身，是海德拉的妹妹**海倫**。她不像海德拉般受智慧之城青睞，而是在皇城長大，她在父親被處死後過著流浪逃亡的生活，繼而加入哥哥領導的黑魔法派。

「**那真正的海德拉在哪？**」卡隆一頭霧水。

「大人已進入皇城，這一場仗是你輸了。」泰坦說罷走到受了致命傷害的海倫身邊。

為了毀滅世界，海德拉不惜犧牲一切，連親生妹妹也用作誘餌，但所有追隨他的人，都是心甘情願的。

「海倫，我們不會白費你的犧牲。」泰坦知道海倫已藥石無靈。

「我的任務還未完成……為了哥哥，為了黑魔法派的大家，我要燃燒盡我最後的魔力。」海倫豁出生命，把所有魔力全部集中起來。

海倫身後的八條大蛇向同一方向射出紫黑的魔光，集中起來的魔光**無堅不摧**，不及走避的守衛軍都化為灰燼。

　　而海倫的最後一擊，目標是把這固若金湯，屹立千百年的皇城城牆粉碎掉，力盡的海倫已魂盡於此，在場所有妖魔全都被這一擊震驚得**呆若木雞**，除了泰坦。

「我等黑魔法派，現在便殺入皇城，改朝換代！」泰坦高舉利劍，只要殺死帶領大隊的卡隆，皇城的守護軍也會士氣大跌。

「黑暗火焰箭雨！」幸好黑火焰從天而降，如雨落下的黑火焰魔法迫泰坦退後閃避。

「我認得你，你是我校學生……那人狼的父親，你呆著幹什麼，還不帶領其他人撤退回城。」黑火焰的主人展開雙翼，**棄暗投明**的阿諾特，帶同追隨他的吸血鬼士兵前來增援。

「阿諾特，你這叛徒竟敢出現在我面前。」曾同是黑魔法派的幹部，但今日兩人已成敵人。

「還以為海德拉真的親身上陣，原來以替身分散注意力才是你們的計謀。」阿諾特被城門這邊的騷動吸引而來，找不到目標人物，卻拯救了卡爾的父親。

「就算被你知道也**為時已晚**了。」泰坦說。

黑火焰箭雨不只令敵軍傷亡慘重，同時擊破了阻礙騎士團撤退的岩石，好讓卡隆有機會帶軍回城再作準備。

「海德拉應該已在皇城內，你們先退回城中，再調配人手防範兩邊的敵人吧。」阿諾特不懼面前**千軍萬馬**，打算協助卡隆向後撤退。

125

黑魔法派重整旗鼓，城門已破城牆又被打穿一個大洞，黑魔法派正式進佔皇城只是時間上的問題，而更不幸的是海倫的捨身攻擊，改變了城內的局面。

　　因為那**毀天滅地**的一擊，位置剛好射在安德魯身處的方向。

　　海倫的最後攻擊把沿途的一切摧毀掉，不知道城外狀況的迦南等人全都來不及作出反應，除了在大賢者身邊看過未來發生的這一幕的安古蘭。

　　未來是由眾多分支組成的一個結果，安古蘭知道要阻止末日降臨，他必須作出一個選擇。

　　「迦南，幫我照顧我的兒子。」安古蘭之所以不時留意著城門，因為他知道海倫的攻擊將會來到，他向迦南說出**遺言**後，飛身抱住了安德魯。

「爸爸？怎麼了？」安德魯還未意識到這是最後的擁抱。

真想多抱你一點，可惜要戰勝末日的未來，我必須離開你的身邊。

安古蘭在踏出魔法列車時對安德魯說過要阻止末日，什麼代價也是值得的。

「記著，別被仇恨佔據。」

而他的生命就是必須付出的代價。安古蘭推開了安德魯，以自己的性命換取兒子的性命。

安德魯只能眼白白看著父親被魔光吞噬……

　「海倫成功了……**勝利女神**站在黑魔法派這邊。」本來差點被安德魯擊敗的莎朗卻看到曙光。

魔光在長空中**消逝**並帶走了安古蘭的生命，從空中墜下的他再次來到兒子的懷裡，但他再無法教導安德魯什麼，也再無法提點安德魯什麼。

四葉和卡爾還在應付三頭巨犬，而面對著蠍子女妖的迦南和愛莉也**分身乏術**，痛失父親的安德魯終於爆發了。

「海德拉！我要取你狗命！」抱著父親屍體的安德魯魔力失控爆發，瞳孔變成血紅色的他，雙翼逐漸由黑變成白色。

悲痛欲絕的吸血鬼，誓要九頭蛇——

血債血償！

下 回 預 告

我的
吸血鬼同學

安德魯痛失父親，化身白翼的吸血鬼失控爆發。

皇城之戰進入最後階段，魔界樹下被命運綑綁的三人隔世相逢。

vol.10　2021年4月出版

創作繪畫◎余遠鍠　　　故事文字◎何肇康

神探

包青天

Detective
Bao

⑥

開封大火災

　　開封城珠寶商七慶樓，被惡名昭彰的飛雲盜盯上，屢次受到火災的洗禮……為保護義姊瑤瑤，張龍不惜以身犯險，誓要抓住潛伏的飛雲盜細作！

　　在潛火隊隊長黃起，以及七慶樓小玉的協助下，張龍抽絲剝繭，逐漸發現案件背後，眾人盤根錯節的關係。真相原來咫尺之遙，卻又如此難以置信，張龍面臨前所未有的掙扎。

　　然而，明察秋毫的包大人，其實早已看破一切，伺機而動……

經已出版

每個普通的平凡人……

……都可能是未經琢磨的寶石！
只要勇於**追尋夢想**,

有朝一日……
　　　終會成為閃亮的**明日之星**。

故事大綱

　　盛產偶像明星的星之國，事隔二十年再度舉辦大型偶像選拔賽，全城矚目。飛才書院的學生為了挽救學校而參加選拔，卻為偶像的意義感到疑惑；其中五位女生具備真誠、情感豐富、不懼挑戰、追求完美和善於表達的特質，或許會為偶像界帶來翻天覆地的改變……

下一站巨星，即將誕生！

✦最強全新創作組合✦

★ 作者**耿啟文**，榮獲教協主辦 2020 年度小學生最喜愛作家獎★

★ 繪者**瑞雲**，香港著名漫畫／插畫家，畫風素以華美精緻見稱★

2021 首季轟動上市，敬請密切期待！

專門店
正式開業了！

地址：荃灣美環街 1 號時貿中心 604 室（鄰近荃灣政府合署）

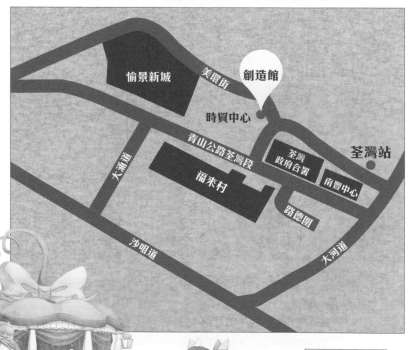

愉景新城
美環街
創造館
時貿中心
青山公路荃灣段
大涌道
荃灣政府合署
荃灣站
南豐中心
福來村
路德園
沙咀道
大河道

營業時間

逢星期五、星期六
下午 2:00-7:00

每星期兩天；其他時間若想前來，
請先致電 3158 0918 預約。

售賣獨家精品　　　# 現場折扣優惠

定期作家活動　　# 送特備非賣品　　# 即時取貨免運費

除了售賣圖書和精品之外，以後也會不定時舉辦一些活動呢！詳盡優惠資訊及活動消息，請密切留意 Facebook 專頁！

f 童話夢工場　🔍　　⬡ fairytale.picturebook　🔍

網購繼續營業
滿 $480 免運費
大家可以善用不同的平台購物：
(guideguideshop.hk)

我的 吸血鬼同學

創作繪畫	余遠鍠
故事文字	陳四月
策劃	YUYI
編輯	小尾
設計	siuhung
實景	張耀東
製作	知識館叢書
出版	創造館

CREATION CABIN LTD.
荃灣美環街 1-6 號時貿中心 6 樓 4 室

電話	3158 0918
發行	泛華發行代理有限公司
	香港新界將軍澳工業邨駿昌街七號二樓
印刷	美雅印刷製本有限公司
出版日期	2021 年 1 月
ISBN	978-988-75064-3-0
定價	$68
聯絡人	creationcabinhk@gmail.com